ARLEQUIN
ESCLAVE A BAGDAD,
OU
LE CALIFE GÉNÉREUX,

Comédie en un Acte, en Prose et Vaudevilles,

PAR LE CITOYEN T. L. VALLIER.

NOUVELLE ÉDITION,
Revue et corrigée par l'Auteur.

A TROYES;

Au Magasin général des Piéces de Théâtre;
Chez GOBELET, Imprimeur-Libraire, près la
Maison Commune, n°. 206.

AN VII.

(2)

PERSONNAGES.

HAROUN ABRACHID, Calife de Bagdad.

GIAFFAR, confident du Calife.

HASSAN, homme de cour ruiné.

ARLEQUIN, esclave d'Hassan, sous le nom d'Abdalla.

ZIRZA, française, autre esclave d'Hassan.

La scène se passe dans la maison de campagne d'Hassan, près le faubourg de Bagdad.

ARLEQUIN
ESCLAVE A BAGDAD.

SCÈNE PREMIÈRE.

Le théâtre représente un jardin muré, garni d'espaliers
et de vigne, une porte au fond donnant sur la cam-
pagne. A la première coulisse, à la droite de l'acteur,
on voit une aile de bâtiment, dont les fenêtres sont
garnies de jalousies, une porte ouvrante qui conduit
audit bâtiment. Dans le jardin un banc de gazon, des
orangers, quelques pots de fleurs et différens outils
de jardinage. Sur la gauche de l'acteur, un bosquet
en charmille. Au lever de la toile, Abdalla est occupé
à travailler.

ABDALLA.

AIR : *Jardinier ne vois tu pas....*

ARROSONS cet espalier ;
Rangeons pioches et bêches,
Tâchons d'emplir ce panier
Et puis nous irons crier
Des pêches, des pêches, des pêches.

Voyons si j'ai tout ce qu'il me faut ; dans ce panier ;
ce sont des poires, bon ; ...dans celui-ci, des pêches,
et dans celui-là, du raisin ; fort bien ; voilà aussi quelques légumes, ça se vend bien dans ce moment-ci. Allons, j'espere rapporter une somme assez passable, qui,
jointe à celle que j'ai déjà, me servira à entretenir la
maison, sans que mon maitre me donne de l'argent ; il
n'aura pas besoin d'avoir recours à ces maudits usu-
riers, et à tous ces amis de bouteille, qui l'ont aban-
donnés dès qu'il a cessé d'être riche ; il est vrai que c'est
l'usage.

(Il met ses paniers et ses légumes dans une brouette.)

A

A I R : *Du faux serment.*

Si vous avez de la richesse,
L'on vous flatte, l'on vous caresse;
De vous servir on fait serment;
Mais comme on ment, (*bis.*) mais comme on ment:
Loin de vous prêter assistance,
Si vous tombez dans l'indigence
Aucun ne songe à son serment.

Allons maintenant au marché; je voudrois bien dire
un petit bonjour à ma chere Zirza. (*Il regarde et voit
les jalousies fermées.*) Elle dort encore. (*A demi-voix.*)
Zirza, c'est votre bon ami Abdalla qui voudroit bien vous
dire, qu'il vous aime encore plus ce matin qu'hier au
soir, et qu'il sent, à l'ardeur qui le consume, qu'il vous
aimera encore plus ce soir que ce matin; Zirza, Zirza,
personne...elle n'est sans doute pas éveillée; chantons
quelques couplets, elle m'entendra, elle ouvrira sa ja-
lousie et j'aurai le plaisir de la voir.

A I R : *On rit, on jase, on raisonne.*

En sortant de Véronne,
Un'objet ravissant,
Sous l'habit d'une nonne,
Vint m'accoster gaiement,
On rit, on jase, on raisonne,
On s'amuse un moment.

Elle ne paroît pas, continuons.

Même air.

Sous l'habit d'une nonne,
Vint m'accoster gaiement :
Où courez-vous mignonne,
Seule et loin du couvent.

On rit, etc.

Zirza, Zirza, personne encore !

Même air.

Où courez-vous mignonne,
Seule et loin du couvent;
Je vais, dit la friponne,
Où le plaisir m'attend.

On rit, ect.

Je vais, dit la friponne ;
Où le plaisir m'attend ;

Je suivis cette nonne
Dans un bosquet charmant.

ZIRZA *à sa fenêtre.*

On rit, on jase, on raisonne,
On s'amuse un moment.

ABDALLA.

Bon, la voilà ; ma bonne amie, vous avez dormi bien long-temps, il y a au moins vingt-quatre heures que j'attends l'instant de votre réveil pour savoir comment se porte votre jolie petite santé.

ZIRZA.

Fort bien, et la tienne ?

ABDALLA.

La mienne est fort bonne aussi ; vous savez bien que je ne suis malade que lorsque vous ne vous portez pas bien.

ZIRZA.

Tu es éveillé de bon matin.

ABDALLA.

Je le suis toujours quand je pense à toi, et j'y pense toujours.

ZIRZA.

Tu ne dors donc jamais ?

ABDALLA.

Pardonnez-moi ma bonne amie ; mais comme je crois vous voir en dormant, de même, dans le plus profond sommeil, je me crois éveillé ; en voilà bien la preuve, car...

AIR : *On dit que dans le mariage.*

Près de toi, cette nuit encore,
Dans un bosquet délicieux,
En rêvant, je voyois éclore
Bouton de rose sous mes yeux ;
Moi, moi, moi, j'veux l'cueillir,
Mais, mais quand j'crois le t'nir.

ZIRZA.

Eh bien ?...

ABDALLA.

Eh bien, ma bonne amie, je le tenois presque ce joli

bouton, lorsque tout-à-coup tu disparois, le bosquet disparoît aussi; je ne sais comment cela se fait, mais...

Continuant l'air.

L'amour qui toujours me lutine,
Ne me laissa (*bis.*) du bouton que l'épine.

ZIRZA.

C'est malheureux...

ABDALLA.

Sans doute, et d'autant plus malheureux que je me suis piqué jusqu'au sang ! Mais, dis moi donc, ne veux-tu pas descendre un petit moment.

ZIRZA.

Notre maître ne tardera pas à s'éveiller, et s'il me trouvoit avec toi il pourroit gronder.

ABDALLA.

Oh ! que non , vous savez qu'il ne gronde jamais.

AIR : *Et ce qu'on a cesse de plaire?*

Tu sais bien qu'il a projetté
D'aller faire un très-long voyage,
Et que son départ arrêté,
Il doit rompre notre esclavage; (*bis.*)
Nous partirons de ce pays, (*bis.*)
J'irai dès demain, par prudence,
Prendre un passeport pour Paris,
Et retenir (*bis.*) deux places à la diligence. (*bis.*)

ZIRZA *riant.*

Ah ! ah ! ah ! ah ! prendre la diligence de Paris à Bagdad, le tour seroit nouveau.

ABDALLA.

Vous avez raison ma bonne amie ! j'oubliois qu'il n'y a pas de diligence dans ce pays-ci; mais c'est égal, nous prendrons des chevaux de poste...

ZIRZA.

Très-bien imaginé ! prendre la poste pour traverser les mers.

ABDALLA.

Bon Dieu ! que je suis donc bête; mais enfin, c'est égal, au défaut de la poste, nous prendrons une barque, et puis vogue la galère, ainsi, puisque nous sommes prêts à partir, je puis bien... (*Il va prendre son échelle, la pose contre le balcon, et fait la feinte d'entrer par la fenêtre, dans la chambre de Zirza.)*

ZIRZA *l'arrêtant.*

Non pas, s'il vous plaît, j'aime mieux descendre.

ABDALLA.

Tout comme il vous plaira ; vous savez bien que je ne veux que ce que vous voulez, (*Il descend et va poser son échelle contre le mur.*)

SCÈNE II.

ZIRZA ET ABDALLA.

ABDALLA *allant au-devant de Zirza qu'il veut embrasser.*

La voilà, comme elle est jolie !

ZIRZA.

Sois sage ou je m'en vais.

ABDALLA.

Oh ! je serai sage, ma bonne amie, je serai sage. Parlons un peu de nos affaires. Consens-tu à m'épouser, si notre maître nous donne la liberté, ainsi qu'il nous l'a promis..

ZIRZA.

Nous verrons ; mais l'heure s'avance, va vite au marché vendre tes fruits et rapporte le plus d'argent que tu pourras.

ABDALLA.

J'y vais, ma bonne amie.. (*Il fait une fausse sortie.*) Laisse-moi, ma bonne petite amie, prendre un baiser sur tes jolies petites joues rondelettes.

ZIRZA.

Non...

ABDALLA.

Je t'en prie..

ZIRZA.

Je ne veux pas...

ABDALLA *aux genoux de Zirza.*

AIR : *Daignez m'épargner le reste.*

Quoi pour un seul petit baiser
Qu'à deux genoux je vous demande,

Vous voulez me le refuser,
Oh! cette rigueur est trop grande ;
Vous croyez que je veux garder
Ce baiser que je cherche à prendre,
Si vous daignez me l'accorder, (*bis.*)
Je fais serment de vous le rendre. (*bis.*)

Z I R Z A *se laissant embrasser.*

Allons, voyons, finis et va-t-en.

A B D A L L A.

C'est fini, vous ne voulez pas que je recommence?

Z I R Z A.

Non. C'est assez...

A B D A L L A.

Allons, c'est décidé, je m'en vais. (*Il fait quelques pas pour sortir et revient.*) A propos , j'avois oublié de te donner ce bouquet. (*Il va prendre un bouquet d'ail-lets qui se trouve sur une caisse d'oranger ; il approche le bouquet du sein de Zirza, et le retire d'un air fâché, en regardant alternativement le bouquet et Zirza.*)

Z I R Z A.

Qu'as-tu donc?

A B D A L L A.

J'ai... j'ai , que je suis bien fâché; ces œillets que je viens de cueillir, il n'y a qu'un instant, et qui par consé-quent étoient très-frais, me semblent fanés , dès que je les approche de vous; cependant:

AIR : *Du vaudeville de la soirée orageuse.*

Je croyois, en cueillant ces fleurs,
Prendre du jardin les plus belles ;
Leurs parfums, leurs vives couleurs,
M'avoient déterminé pour elles ;
Ce bouquet, avec sa fraîcheur,
Sur ton sein devient peu de chose,
L'œillet , malgré sa bonne odeur,
N'est rien du tout près de la rose.

Pour former un joli bouquet,
Il faut des œillets et des roses,
Des lys, du jasmin, du muguet;
Que ces fleurs soient fraîches écloses
Le lys se trouve sur ton sein,
Fraîcheur de rose est ta parure,

It

Et ce bouquet fait sans dessein ;
Se trouve fait d'après nature.

(*Il prend sa brouette, et sort par la porte du fond du jardin.*)

SCÈNE III.

ZIRZA *seule.*

C'est un bon enfant que cet Abdalla ; depuis trois ans que je suis dans cette maison, je l'ai toujours vu le même ; actif, complaisant, aimant son maître de bonne-foi, plein d'attention pour moi ; aussi je l'aime de tout mon cœur, et si le patron vouloit nous rendre libres l'un et l'autre, je n'hésiterois pas à lui donner ma main ; nous passerions en France ; c'est-là que les femmes sont heureuses ! ce n'est pas comme ici.

AIR : *Prend ma cocarde, j'prend la tienne.*

Ainsi qu'un oiseau dans sa cage,
Fille en ces lieux ne voit le jour
Qu'à travers un épais grillage,
Et ne connoît jamais l'amour ;
Esclave d'un maître sévère,
Si l'on ne peut gagner son cœur,
On vieillit sans avoir pu faire
Le chemin qui mène au bonheur. (*bis.*)

On dit que dans le mariage
L'amour languit, que bien souvent
L'époux, par son humeur sauvage,
Fait rompre ce lien charmant ;
C'est malheureux, mais je préfère,
Malgré cette injuste rigueur,
Ce malheur à ne jamais faire
Le chemin qui mène au bonheur. (*bis.*)

Mais voici mon maître, sachons ce qu'il pense sur le compte d'Abdalla. (*Elle entre dans le pavillon et s'y tient cachée, de manière cependant à ce que le public puisse la voir.*)

SCÈNE IV.

HASSAN, ZIRZA *cachée.*

HASSAN *jettant un coup-d'œil sur la maison et le jardin.*

VOILA donc ce qui me reste des trésors que tu m'as

B

laissé! O mon pere! n'avois-tu amassé tant de richesses, que pour que ton fils en fît un aussi mauvais usage. J'ai tout vendu; esclaves, palais, bijoux: il ne me reste que cette maison, ... que dis-je, elle n'est plus à moi; dans un temps plus heureux, j'en ai fait don à mon esclave, elle lui appartient, et serais-je assez lâche de lui ravir un bien qui lui est dû si légitimement. C'est à lui que je dois l'existence; il me nourrit, il me console; il est mon esclave, il est vrai, mais un esclave est un homme, à ce titre, il doit être libre; je l'ai promis, je tiendrai ma parole. Et vous faux amis, ingrats que j'ai comblés de mes bienfaits; vous qui m'abandonnez dans la misere où vous m'avez plongé, tremblez, il est un Dieu vengeur, et peut-être...

AIR: *Tout roule aujourd'hui dans le monde.*

AINSI que moi dans l'indigence,
Vous verrez finir votre sort,
Et de la céleste puissance
Avant peu l'ange de la mort,
Pour punir votre ingratitude,
Sans or, sans amis, sans secours;
Dans la plus humble servitude,
Terminera bientôt vos jours.

ZIRZA *à part.*

Qu'il est à plaindre.

HASSAN.

C'en est fait, il faut m'y résoudre; oui, j'abandonnerai ces lieux; j'irai dans d'autres climats cacher ma honte et ma misere. Une seule ressource me reste, il faut m'en servir.

AIR: *M. le Prévôt des Marchands.*

DANS la détresse où me voilà,
Il ne me reste que Zirza,
Cinq cents sequins, je puis la vendre.

ZIRZA *à part.*

Me vendre! ô ciel!...

HASSAN.

. . . . . Oui, dès ce jour,
C'est le parti que je vais prendre.

ZARZA *à part.*

Quel coup affreux pour notre amour!

Tâchons de lui faire changer de résolution: (*Haut à Hassan.*) Seigneur...

HASSAN.

Que veux-tu ?...

ZIRZA.

Je viens savoir si vous n'avez rien à ordonner à votre très-humble esclave.

HASSAN.

Non, laisse-moi. (*à part.*) Qu'il m'en coûte de m'en séparer. Zirza, c'est à regret que je vais t'affliger; mais il le faut...

AIR: *L'amour est un enfant trompeur.*

CONTRAINT d'abandonner ces lieux,
Mon ame trop sensible,
Gémit sur ton sort malheureux;
Dans ce séjour paisible,
Vainement j'avois projetté
De te rendre à la liberté,
Il ne m'est plus possible. (*bis.*)

Prépare toi donc à servir un autre maître, et dès demain...

ZIRZA *l'interrompant.*

Vous voulez m'abandonner, vous voulez quitter votre maison, fuir votre patrie, errant, infortuné, sans asile, exposé à mille dangers; mais dites-moi:

AIR: *Jeunes amans cueillez des fleurs.*

NE peut-on trouver le bonheur
Qu'au sein des grandeurs, des richesses,
Il réside dans notre cœur
Lorsqu'il est exempt de foiblesses;
L'éclat de ce brillant Palais,
Qu'en secret votre ame regrette,
Est-il comparable à la paix
Qui regne dans cette retraite ?.... (*bis.*)

HASSAN.

Que dira-t-on de moi ?...

ZIRZA.

Que vous avez été trompé, et que vous ne voulez plus l'être.

HASSAN.

Ah! si tu savois ce qu'il m'en coûte!

B ij

Z I R Z A.

Air : *Mon pere je viens devant vous.*

Seigneur je sens votre embarras,
Je sais que né dans l'opulence,
Vous redoutez moins le trépas
Que les horreurs de l'indigence ;
Ne craignez plus (*bis.*) ce triste sort,
Il vous reste encor un trésor. (*bis.*)

H A S S A N.

Un trésor ! que dis-tu ? ...

Z I R Z A.

Je dis la vérité...

Même air.

Ce trésor est la probité,
Des vertus et de la constance,
Nos soins et notre activité
Feront renaître l'abondance...
Et ce jardin, (*bis.*) malgré le sort,
En travaillant vaut un trésor. (*bis.*)

H A S S A N.

Air : *Ce mouchoir belle Raimonde.*

En vain ton espoir se fonde
Sur ce prétendu bonheur,
Cette obscurité profonde
N'est point faite pour mon cœur.

Z I R Z A.

Vous craignez que l'on ne fronde
Sur votre frugalité ;
Laissez jaser tout le monde,
Jouissez en liberté. (*bis.*)

H A S S A N.

En vain, je le voudrois ; l'habitude que j'ai contracté
de ne point manger seul, l'impossibilité où je suis de
traiter splendidement ceux que je voudrais inviter, me
cause un ennui, une tristesse, qui, je le sens, me
conduira bien-tôt au tombeau.

Z I R Z A.

Pour dissiper cet ennui, j'imagine un moyen.

H A S S A N.

Quel est-il ?...

Z I R Z A.

Air, *Vous voulez me faire chanter.*

Voulez-vous agréablement
Passer ici la vie ?

Tous les jours recevez gaiement
Nouvelle compagnie;
Chaque étranger qui passera
Offrez lui cet asile,
Cela vous dédommagera
Des amis de la ville.
Ne lui donnez qu'un seul repas,
Si vous voulez m'en croire,
Mais sur-tout ne négligez pas
D'apprendre son histoire.
De chacun le récit plaisant,
Plus ou moins incroyable,
Dissipera certainement
Le mal qui vous accable.

HASSAN à part.

Elle a raison; cette idée me plait. (*Il appele*) Abdalla.

ZIRZA.

Vous l'appelez en vain, il est au marché, il ne peut pas tarder à venir... mais je crois l'entendre; oui, c'est lui.

SCÈNE V.

HASSAN, ZIRZA, ABDALLA.

ABDALLA *entre par la porte du fond, conduisant sa brouette pleine de provisions; il laisse la porte ouverte.*

A la fin me voilà revenu; ce marché est comme une caverne de voleurs; c'est à qui vous trompera le plus, et tout est d'un cher à faire trembler.

HASSAN.

Abdalla, prépare-moi un bon diner; je donne à manger aujourd'hui, (*à part.*) et peut-être pour la derniere fois.

ZIRZA.

La cuisine est-elle un peu fondée?

ABDALLA.

Il nous reste un bon poulet rôti, et puis avec cela...;

AIR : *Roulant ma brouette.*

J'ai dans ma brouette,
Cailles et perdrix;
Plus, j'ai fait emplette,
A très-juste prix;

D'un très-beau fromage,
C'est du parmésan ;
D'un canard sauvage
Et d'un gros faisan.

ZIRZA.

En voilà beaucoup trop ; ton poulet rôti peut suffire ;
quelques fruits, du fromage, c'est autant comme il en
faut.

ABDALLA.

C'est selon la quantité de personnes que nous aurons
à dîner.

HASSAN.

Une seule... Va, de ce pas, à la principale porte de
la ville ; invite le premier étranger que tu trouveras, à
venir partager mon dîner...

ABDALLA.

J'y vais Seigneur... (*Revenant sur ses pas.*) Seigneur
voudriez-vous me donner le nom et l'adresse de l'étranger que je dois inviter.

HASSAN.

Imbécile ! le sais-je ?...

ABDALLA.

Ni moi non plus, je ne le sais pas.

ZIRZA.

Invite le premier venu.

ABDALLA.

Allons, cela suffit, j'inviterai le premier venu.

HASSAN.

Écoute...

AIR : *De tous les capucins du monde.*

Si-tôt que tu verras paroître
Un étranger, dis-lui : mon maître
Vous invite à venir manger
Son dîner.

ABDALLA.

Bon, soyez tranquille ;
J'y vais ; mais...

HASSAN.

Quoi ?...

ABDALLA.

Cet étranger

Faudra-t-il qu'il soit de la ville.

HASSAN.

Malheureux ! garde-t-en bien ; va et songe que je
veux être obéi. (*Il rentre dans sa maison.*)

SCÈNE VI.

ABDALLA, ZIRZA.

ABDALLA.

VOILA une jolie commission qu'il me donne-là !

ZIRZA.

Je te conseille de te plaindre, te voilà bien malade.

ABDALLA.

Je ne me plains pas du tout ; mais c'est que pendant
que j'irai chercher cet étranger, je serai privé du plaisir de voir ma chere Zirza.

ZIRZA.

Va mon pauvre Abdalla, peu s'en est fallu que tu
ne sois privé de ce plaisir-là pour toujours.

ABDALLA.

Comment donc cela ?

ZIRZA.

AIR : *Non , non, Dorine ne pense pas.*

POUR se retirer d'embarras,
Hassan, dans sa douleur extrême,
Vouloit, sur mes foibles appas,
Trouver de l'argent ce soir même.
Je viens de rompre ses projets ;
Enfin, je ne suis plus à vendre.
Sans cette rose, à mes attraits,
(*Elle lui fait une grande révérence.*)
Monsieur, ne pouvoit plus prétendre. (*bis.*)

Ainsi, murmure encore, si tu l'oses, de la commission
dont tu es chargé...

ABDALLA.

Bien au contraire, et je vais de ce pas.

AIR : *Ah ! Monseigneur.*

ÉCRIRE à tous les étrangers,
Que princes, marchands ou bergers,
Seront traités gratuitement,
Et pour ne pas perdre un moment,
Je vais envoyer cet avis
Par la p'tite poste de Paris.

ZIRZA.

La p'tite poste de Paris! ignores-tu l'immense distance qui nous sépare de cette ville? c'est comme la diligence de Bagdad.

ABDALLA.

Vous avez raison, ma bonne amie, ce ne seroit jamais arrivé assez tôt pour nous procurer quelqu'un à dîner; ainsi je crois que je ferai mieux de l'aller chercher moi-même.

ZIRZA.

Certainement...

ABDALLA.

Je vais rentrer mes provisions, mettre en train mon dîner, et puis aller sur la grande route, faire mon invitation au premier que je rencontrerai.

ZIRZA.

Et moi je vais préparer la maison, de maniere à recevoir celui que tu nous ameneras. (*Ils rentrent.*)

SCÈNE VII.

LE CALIFE, GIAFFAR, *tous deux sous l'habit de marchands.*

LE CALIFE *hors la porte et sans être vu.*
SOMMES-nous loin de la ville?

GIAFFAR *à la porte du jardin.*

Non, seigneur, et l'on voit d'ici les tours de votre palais.

LE CALIFE.

Je suis excédé de fatigue.

GIAFFAR.

AIR: *D'un bouquet de Romarin.*

Vous pouvez, dans ce jardin,
Sous ce verd feuillage,
Près de ce bosquet de jasmin,
Jouir de l'ombrage.

LE CALIFE.

J'AIME la simplicité
De ce séjour enchanté.
On respire en liberté
Dans ce verd bocage.

Il s'asseoit sur le banc de gazon.

GIAFFAR.

GIAFFAR.

Si le maître de cette agréable solitude savoit qu'il
a le bonheur de posséder chez lui le plus grand monarque de la terre, il se croiroit trop heureux de tomber
à ses pieds, et lui prouver par son respect...

LE CALIFE.

Laisse-là ton respect, oublie le monarque pour ne
voir que l'homme ; je suis fatigué de ces louanges fades
et recherchées qu'on me prodigue à chaque instant du
jour.

AIR : *Il pleut, il pleut bergere.*

Ma grandeur m'importune,
Et ces mots superflus,
De rang et de fortune,
Ne me séduisent plus,
Connoître par moi-même
L'exacte vérité,
Voilà mon bien suprême,
Voilà ma volupté.

GIAFFAR.

C'est aussi ce que vous faites.

AIR : *Des portraits à la mode.*

Depuis trois jours absent de votre palais,
Répandant par-tout l'abondance et la paix,
Tous les malheureux, comblés de vos bienfaits,
Pourroient enfin vous reconnoître ;
Pardon, mais si vous m'en croyez, seigneur,
N'exposez plus ainsi votre grandeur,
Pour ces gens-là c'est beaucoup trop d'honneur,
D'approcher si près de mon maître.

LE CALIFE.

Écoute Giaffar...

Même air.

Punir les flatteurs et les envieux,
Abaisser l'orgueil des présomptueux,
En secret par-tout faire des heureux,
Tel est le desir de ton maître.
Penser autrement, prouve un mauvais cœur,
Toujours me louer est d'un flagorneur.
(*Apart.*) Cet homme n'est qu'un insigne flatteur,
Tout en lui me le fait connoître.

GIAFFAR.

Faire des heureux, à la bonne heure ! pour cela il

C

me semble, qu'il suffit que vous leur rendiez justice lorsqu'ils la réclament.

LE CALIFE.

AIR : *Du serin qui te fait envie.*

C'est peu de rendre la justice;
Il faut réformer les abus,
Chérir les lois, punir le vice,
Et récompenser les vertus;
Du courtisant qui se prosterne,
Éviter les propos flatteurs;
Chasser du pays qu'on gouverne,
Les traîtres, les agitateurs. (*bis.*)

Et c'est ce que je prétends faire.

GIAFFAR *à part.*

Je me souviendrai de la leçon...

LE CALIFE.

Giaffar, n'oublie pas d'envoyer une somme de mille sequins à ce brave homme, chez qui nous avons passé la nuit derniere, et fais distribuer, en même-temps, cent coups de bâtons à ce cadi infidèle, qui abuse de sa place et de son autorité pour s'enrichir aux dépends du peuple.

GIAFFAR.

Vous serez obéi. Quelqu'un vient.

LE CALIFE.

Ne nous montrons pas, peut-être saurons-nous, avant de nous présenter, à qui appartient cette maison. (*Ils se cachent derriere les arbres, de maniere cependant que le public puisse les voir.*)

SCÈNE VIII.

ABDALLA, LE CALIFE ET GIAFFAR *cachés.*

ABDALLA *tenant une grande affiche.*

Mon diner est en train, je vais maintenant aller faire ma proclamation; voyons si je n'ai rien oublié.

AIR : *Qu'en voulez-vous dire.*

Chaque étranger qui passera,
Par la porte de cette ville,
Est prévenu, qu'il trouvera
Un bon dîner dans notre asile;
Il est averti que nos lois

N'en admettent qu'un à la fois;
Et qu'il pourra jusqu'au matin,
  Dans un doux délire,
  Manger, boire et rire;
Mais qu'il faudra, le lendemain
Sans tarder, se mettre en chemin.

 A I R : *Ton humeur est Catherine.*
Celui qui voudra se rendre
  A cette invitation
N'aura pas besoin de prendre,
  Ainsi qu'est fait mention,
D'Argent pour payer son gîte;
Le maître de la maison
Offre, à celui qu'il invite,
Tout gratis et sans façon.

Pareilles affiches sont sur la porte. (*Il pose son affiche en dehors de la porte du jardin.*)

L E C A L I F E.

Ceci me paroît singulier , et pique ma curiosité;
avançons.

A B D A L L A.

Qui va-là ?...

L E C A L I F E.

Amis.

A B D A L L A.

Amis tant qu'il vous plaira ; mais on n'entre pas comme ça sans frapper.

G I A F F A R.

Nous avons trouvé la porte ouverte et...

A B D A L L A.

Et vous êtes entré? c'est tout simple , c'est moi qui ai
tort de ne l'avoir pas fermée ; mais qui êtes-vous?

L E C A L I F E.

Je suis... marchand. Fatigué d'un long voyage, je de-
sirerois me reposer un moment, tandis que mon esclave
ira me chercher un logement pour cette nuit.

 G I A F F A R *avec dédain, à part.*

Son esclave...

A B D A L L A.

 A I R : *Etes-vous de Chantilli.*
Etes-vous de ce canton,

C ij

Ou de cette ville...

LE CALIFE.

. . . . Non.
Comme marchand je voyage.

ABDALLA.

Il n'en faut pas davantage ;
Entrez chez nous sans façon.

Et cet homme que voici ;
Est-il votre esclave ? ...

LE CALIFE.

. . . . . Oui.

GIAFFAR.

Ce mot d'esclave m'outrage.

LE CALIFE.

Bon, ce n'est qu'un badinage.

GIAFFAR *à part.*

Que ne suis-je loin d'ici.

ABDALLA.

En ce cas, vous pouvez rester ici, jusqu'à demain si
vous voulez. (*à Giaffar.*) Écoute-toi, dis-moi, as-tu
bon appétit?

GIAFFAR.

Dis-moi. (*Le Calife lui fait signe de dire que oui.*)
Mais, pas mal.

ABDALLA.

En ce cas, je te plains...

GIAFFAR *avec beaucoup de hauteur.*

Pourquoi donc? (*à part.*) Cet esclave me parle avec
une familiarité...

ABDALLA.

Tu n'as donc pas entendu ce que je viens de lire tout
à l'heure?

GIAFFAR *à part.*

Tu n'as donc pas entendu ? (*Haut.*) Pardonnez-moi.
(*A part.*) Et le Calife souffre que son premier visir.

ABDALLA.

Si tu l'as entendu, tu dois savoir qu'il n'y a pas de
dîner pour toi, puisque mon maître ne s'oblige à donner
à manger qu'à une seule personne ; ainsi, mon bon ami,
je ne puis que t'inviter à aller faire un somme. Bon
soir, mon ami, bon soir.

GIAFFAR.

Tout comme il vous plaira ; mais , si vous voulez me le permettre , j'attendrai mon maitre dans ce jardin.

ABDALLA.

Oh ! très-volontiers. (*A part.*) Ce pauvre garçon me fait de la peine ; mais je pense à une chose. Je puis bien, sans faire tort à mon maitre, lui donner la moitié de mon diner. (*A Giaffar.*) Écoute mon ami , ne te chagrines pas.

AIR : *Réveillez-vous belle endormie.*

Je puis, ainsi que fait mon maitre,
Par fois traiter un étranger,
Et je veux bien , sans te connoitre,
Avec moi te faire manger.

GIAFFAR *avec beaucoup de hauteur.*

Je vous suis obligé , je n'ai besoin de rien.

ABDALLA.

Oh ! il n'y a pas de quoi ! n'faut pas faire de façons ; c'est sans cérémonie. A la cuisine, là, un morceau sur le pouce ; quant à vous , seigneur , on pourra vous offrir un poulet délicieux, un excellent gigot et du vin.

LE CALIFE.

Du vin...

ABDALLA.

Et du bon, je m'en vante ..

GIAFFAR *au Calife.*

Vous l'entendez , du vin...

LE CALIFE *à Giaffar en riant.*

Il faudra bien en boire. (*Haut à Abdalla.*) Dis à ton maitre, qu'une simple collation suffit ; quant au vin, la loi...

ABDALLA.

Le défend, n'est-ce pas ? mais la loi vous fera grace, en faveur de l'habitude que ses plus zélés défenseurs ont contracté d'en boire.

LE CALIFE.

Es-tu bien sûr de ce que tu dis-là ?

ABDALLA.

Si j'en suis sûr ! mais vos prêtres , vos derviches en

font secrettement usage. Il n'y a pas jusqu'à la table du Calife qui n'en soit couverte; et le cadi donc.

A I R : *Comme on trompe dans ce monde.*

MAHOMET, votre grand prophète,
Lorsqu'il vous défendit le vin,
Craignoit que ce nectar divin,
Du peuple ne tournât la tête;
Il imagina cette loi
Dans sa politique profonde;
Mais sur cet article de foi,
Ah ! comme on trompe (*bis.*) tout le monde;

Les ministres de la loi-même
Affectent d'avoir en horreur
Cette succulente liqueur ;
Mais cela n'est qu'un stratagême;
Le soir, au fond de leur caveau,
Chacun d'eux en boit à la ronde.
Lorsqu'ils disent n'aimer que l'eau,
Ah! comme ils trompent (*bis.*) tout le monde.

Le cadi plus fin , plus alerte,
Visite la cave d'autrui,
Lorsqu'il n'a plus de vin chez lui,
Il va vîte à la découverte ;
Il dénigre cette boisson;
Mais, dès qu'il a fini sa ronde,
Seul en secret dans sa maison,
Ah! comme il boit (*bis.*) le vin du monde.

LE CALIFE *en colère.*

Si j'en étois certain , je...

GIAFFAR *au Calife.*

Vous allez vous découvrir...

ABDALLA.

Que feriez-vous? ...

LE CALIFE.

Je tâcherois d'en instruire le Calife , qui , sans doute, ne manqueroit pas de le faire punir comme il le mérite.

ABDALLA.

Bon ! qui pourroit l'en instruire.

A I R : *Bon , bon , bon , que le vin est bon.*

Pour approcher de sa grandeur,
Il faut gagner plus d'un flatteur
Qui ne cesse d'en boire.

(25)

(*Sans chanter.*) Et puis quand il le sauroit...
(*Continuant l'air.*)

Pourroit-il punir entre nous
Qui boiroit de ce jus si doux,
Sans ternir sa mémoire,
Puisque lui-même sans façon,
A ses repas vuiie un flacon,
Et bon, bon, bon, quand le vin est bon;
On fait très-bien d'en boire.

LE CALIFE.

Je suis de votre avis. (*A part.*) Quelle leçon !

ABDALLA.

Mais, je vais avertir mon maître. (*Il sort.*)

SCÈNE IX.

LE CALIFE, GIAFFAR.

LE CALIFE.

Que dis-tu de cet homme?...

GIAFFAR.

Je dis, seigneur, que sans le respect que j'ai pour votre hautesse, j'aurois fait sauter la tête de cet esclave insolent.

LE CALIFE.

Eh ! pourquoi?

GIAFFAR.

Comment donc, il ose braver nos lois, insulter mon maître; il ose vous dire...

LE CALIFE *l'interrompant.*

La vérité, voilà son crime ! et c'est parce qu'il m'a parlé avec franchise, qu'il m'a dévoilé l'intrigue et la mauvaise foi de ceux qui doivent faire respecter ces mêmes lois, qu'on le trouve criminel.

AIR: *Gentille boulangere.*

Contre ce pauvre esclave
On cherche à m'irriter,
On me dit qu'il me brave,
Qu'il ose m'insulter;

(*Regardant Giaffar avec fierté.*)

On veut se méconnoître,
Né dans l'obscurité,
Ce trait décele un traître,
Qui craint la vérité.

GIAFFAR *confus.*

Seigneur... croyez... que mon zèle a pu seul...;

LE CALIFE.

C'est assez, je passe ici le reste de la journée, j'accepte le diner de ce brave homme. Visir, n'oublie pas que tu es invité; que l'esclave qui sort d'ici, t'a offert de bon cœur la moitié de son repas, et que tu dois te rendre à son invitation.

GIAFFAR.

Moi, seigneur ?...

LE CALIFE.

Songe que je le veux... (*Giaffar salue respectueusement.*)

SCÈNE X.

LE CALIFE, GIAFFAR, HASSAN, ABDALLA.

ABDALLA.

SEIGNEUR, voici un honnête marchand et son esclave, que j'ai trouvés à la porte du jardin. Le maître accepte avec reconnoissance le diner que vous lui offrez; quant à moi, si vous le permettez, je me chargerai de traiter l'esclave.

HASSAN.

J'y consens...

GIAFFAR *interdit, reconnoissant Hassan.*

Dieu! c'est Hassan! (*Apart à Abdalla.*) Je vous l'ai déjà dit, je n'ai besoin de rien...

ABDALLA.

Tu fais toujours des façons...

HASSAN *au Calife.*

Seigneur, soyez le bien venu; Abdalla, qu'on nous serve sous ce feuillage.

ABDALLA.

Oui, seigneur. (*A Giaffar.*) Allons, viens donc m'aider à porter la table, tu restes-là comme un grand inutile. (*Giaffar sort avec Abdalla, évitant toujours les regards d'Hassan.*)

HASSAN *au Calife.*

Ne soyez point étonné, si je ne vous traite point avec magnificence;

c'est de ne rien avoir à ma table de superflu, et j'ai pensé qu'un repas simple et sans façon, mais donné de bon cœur, vaut mieux que ces festins magnifiques, où l'on s'occupe moins à manger, qu'à louer le goût et l'opulence de celui qui les donne.

LE CALIFE.

Et vous avez raison...

ABDALLA *apportant la table avec Giaffar.*
Allons, prend donc garde à ce que tu fais; comme il est mal-adroit.

HASSAN *au Calife.*

AIR : *Nous sommes précepteurs d'amour.*

PRENEZ ce siége et sans façon,
Seigneur, venez vous mettre à table;

(*mystérieusement au Calife.*)

Après le repas nous boitons
Du vin . . . .

LE CALIFE *à part.*

. . . Cet homme est fort aimable.

(*Ils se mettent à table, Abdalla est près de son maitre; le visir est près du Calife, et doit marquer, par son inquiétude, la crainte qu'il a d'être reconnu d'Hassan.*)

ABDALLA *à Giaffar.*

AIR : *Du vaudeville des deux Savoyards.*

Nous allons dîner tête à tête,
Et grace à la clef que voici,
En secret nous pourrons aussi,
Comme eux, terminer cette fête;
Cette clef ouvre le caveau
Où l'on met le jus de la treille,
Comme le Vin est préférable à l'eau,
Nous boirons chacun notre bouteille.

GIAFFAR.

Fi donc.

ABDALLA.

Fi donc; ah! tu ne diras pas cela quand tu l'auras goûté.

LE CALIFE *après un moment de silence.*

Ma foi, ce poulet est délicieux...

D

ABDALLA.

Goûtez un peu de ce ragoût, vous m'en direz des nouvelles.

LE CALIFE *après l'avoir goûté.*

C'est très-bon, en vérité !...

HASSAN.

Je suis charmé que ce soit de votre goût.

ABDALLA.

C'est une sauce piquante ; j'ai appris à la faire en France ; vous devez trouver cela un peu relevé ; mais c'est l'usage du pays, on met du sel dans tout...

AIR : *Ah ! combien de métamorphoses.*

On en met dans les épigrammes
Que l'on fait sur certains auteurs ;
On en distille pour les femmes
Qui sont sujettes aux vapeurs ; (*bis.*)
Souvent, dans une bagatelle,
Un peu de sel fait grand plaisir ;
En France, une pièce nouvelle
Sans sel ne sauroit réussir. (*bis.*)

LE CALIFE *à part.*

Cet esclave est plaisant ! (*Haut.*) Es-tu français ?

ABDALLA.

Non, seigneur ; mais j'ai résidé long-temps dans ce pays-là,

LE CALIFE.

De quel endroit es-tu ?

ABDALLA.

AIR : *Ah ! bravo Caro Calpigi.*

Je suis né natif de Bergame,
Pays qui vit naître la gamme,
La musique et les instruments ;
Enfin, l'élite des talents. (*bis.*)
Un chanteur, ami de ma mère,
Me fit part de son savoir faire ;
Et dès que je sus la, mi, la,
On me mit au grand opéra. (*bis.*)

A dix-huit ans, je vins en France ;
Pour vivre à Paris dans l'aisance,
Je veux débuter ; mais, voilà
Qu'on me refuse à l'opéra. (*bis.*)
Sans ressource dans cette ville,
J'eus recours au vieux vaudeville,

Dans un coin, tout près d'un palais, *
J'obtins enfin quelques succès.　(bis.)

　J'y passais doucement la vie,
Lorsqu'enfin , mon mauvais génie
Me fit abandonner Paris,
Pour retourner dans mon pays.　(bis.)
Je m'embarquai ; je fis naufrage ;
Je fus , ainsi que l'équipage,
Esclave d'un Mahométan,
Qui me vendit au brave Hassan.　(bis.)

Et depuis trois ans que je suis dans sa maison , je ne me suis pas apperçu de mon esclavage.

LE CALIFE.

Voilà des aventures bien singulieres assurément.

HASSAN se levant de table.

Abdalla , tu peux desservir et faire diner ton convive.

ABDALLA.

Volontiers ; aussi bien , je gagerois que ce pauvre diable meurt de faim. (A Giaffar, en lui donnant un plat.) Allons, porte donc cela, toi ; voyons , sois bon à quelque chose.

GIAFFAR au Calife.

Si votre hautesse le veut, j'irai avertir au palais, qu'elle doit rentrer ce soir , et qu'on prépare....

LE CALIFE.

Ce n'est pas nécessaire , suis cet esclave.

GIAFFAR à part.

Je suis au supplice...

ABDALLA à Giaffar.

Allons viens donc , camarade ; si tu tardes nous mangerons tout cela froid. (Ils sortent et emportent la table.)

SCÈNE XI.

HASSAN, LE CALIFE.

LE CALIFE.

Cet esclave est d'une gaieté charmante.

HASSAN.

J'y suis très-attaché. J'ai tout vendu , excepté lui et

---

* Ce qui désigne le théâtre du Vaudeville , qui se trouve au coin de a rue Chartres, près le palais Égalité.　　　D ij

Zirza, jeune esclave française, la seule de son sexe qui
soit encore dans ma maison.

LE CALIFE.

Et voudriez-vous vous en défaire ?

HASSAN.

De Zirza ? oui...

LE CALIFE.

Je vous achèterai l'un et l'autre, si vous voulez.

HASSAN.

Abdalla ne m'appartient plus, je lui ai promis sa
liberté ; et tous les trésors du monde ne pourroient me
faire manquer à ma parole.

LE CALIFE à part.

Ce trait est d'un galant homme. (Haut.) Puisque
vous êtes dans le besoin, vous pouvez retirer votre parole ; cet esclave est votre bien, il faut vous en servir.
Je vous en donne mille sequins.

HASSAN.

Vous m'en donneriez dix mille, que je ne dispose-
rois pas impunément d'un bien, qui, d'après ma pro-
messe, ne m'appartient plus.

LE CALIFE.

Cet homme vous a donc rendu de grands services ?

HASSAN.

Vous allez en juger.

AIR : *Je veux perdre ma liberté.*

Ce n'est qu'à ses soins généreux
Que je dois ma triste existence ;
Sans lui, je serois en ces lieux,
Dans la plus affreuse indigence ;
Sa gaîté charme mon ennui ;
Sa douceur dissipe ma peine.
Je tiens l'existence de lui,
Ne dois-je pas briser sa chaine ?

LE CALIFE.

Vous avez raison ; mais puisque vous avez été dans
l'opulence, sans doute vous avez eu des amis ?...

HASSAN.

Je croyois en avoir ?...

LE CALIFE.

Et ceux qui se disoient l'être, lorsque vous aviez de
la fortune, ne vous ont point secouru dans votre détresse.

HASSAN.

Bien au contraire...

Même air.

Ils ont épuisé mes trésors,
En me faisant mille caresses ;
Ils ont su, par de faux dehors,
Vivre aux dépens de mes largesses ;
Mais lorsque j'eus perdu mon bien,
Que je fus sans or, sans ressource,
De ceux que je traitai si bien,
Aucun ne vint m'offrir sa bourse.

Giaffard.

LE CALIFE *à part, avec étonnement.*

Giaffard !

HASSAN.

Un de ceux à qui j'avois le plus de confiance, pour
accélérer ma ruine, m'engagea à donner plusieurs fêtes
brillantes, pour détruire, disoit-il, l'opinion qu'on
avoit dans le public, que j'étois totalement ruiné ; il
m'offrit d'en faire les frais par amitié pour moi, aux
conditions toutefois, que je lui ferois un acte en bonne
forme, qui constateroit, que le palais que j'occupois
alors lui appartiendroit, si je ne pouvois, dans un an,
lui rendre les sommes qu'il m'avoit avancées.

LE CALIFE.

Eh bien? ...

HASSAN.

Eh bien ! seigneur, d'accord avec mes débiteurs, il
fit retarder mes paiements ; et, comme il occupe une
place éminente à la cour, il protégea ceux qui refuse-
rent de me payer, et fit exiler au contraire ceux qui ne
demandoient pas mieux que de s'acquitter avec moi.
J'ignorois ses menées, et me reposois entièrement sur
sa feinte amitié.

AIR : *Avec les jeux dans le village.*

Mais voyez la scélératesse
De cet ami faux et méchant;

Ce monstre sans délicatesse,
Suivant son criminel penchant,
Embrouilla si bien cette affaire,
Qu'il me dépouilla pour jamais
De tous mes biens, en j'eus beau faire ;
Il me chassa de mon palais. (*bis.*)

LE CALIFE.

Par la barbe d'Ali ! cet homme est un grand scélérat ! Et vous n'avez pas cherché à instruire le Calife de cette perfidie ?

HASSAN.

Eh ! comment l'aurois-je pu ? le Calife, bon, humain, généreux, a donné toute sa confiance à ce malheureux, qu'il ne connoit pas sans doute ; et personne n'en approche qu'il ne soit présenté par Giaffar. Comme premier ministre, il mène l'esprit du prince, et ...

LE CALIFE *avec impatience.*

Quoi ! Giaffar ? cet impudent flagorneur ?

HASSAN.

Vous le connoissez ?

LE CALIFE *cherchant à se contraindre.*

J'en ai oui parler en passant par la ville, et je compte, avant peu, avoir une affaire très-sérieuse avec lui.

HASSAN.

En ce cas, je vous plains.

AIR : *Des trembleurs.*

De cet homme impitoyable
Craignez la haine implacable,
De vous perdre il est capable,
S'il en trouve les moyens ;
De ce monstre l'avarice,
Sans égard pour la justice,
Peut vous conduire au supplice,
Pour s'emparer de vos biens.

LE CALIFE.

Le Calife y mettra bon ordre...

HASSAN.

Et s'il ne le sait pas ?...

LE CALIFE.

Il le saura, soyez-en sûr, Mais, revenons à votre

esclave, si vous lui donnez la liberté, qui cultivera votre jardin?

HASSAN.

Lui...

LE CALIFE.

Oui, s'il reste près de vous; mais, s'il vous quitte?

HASSAN.

Il ne me quittera pas; mais je le quitterai.

LE CALIFE.

Comment?....

HASSAN.

AIR: *De l'Amour quêteur.*

J'irai dans un climat lointain,
Cacher ma honte et ma misere;
C'est dans une terre étrangere
Que je veux finir mon destin.
Cette maison est l'apanage
Du brave et fidele Abdalla.

LE CALIFE.

Et vous réservez Zirza, (*bis.*)

HASSAN.

Pour les frais du voyage. (*bis.*)

LE CALIFE.

Vous ne voulez vendre que la jeune Zirza?

HASSAN.

Je la vendrai à regret; mais il le faut.

LE CALIFE.

Et vous en voulez?

HASSAN.

AIR: *Nous sommes précepteurs d'amour.*

Je compte trouver de Zirza
Cinq cents sequins.....

LE CALIFE.

. . . . . Je vous l'achete;

Est-elle à moi? . . . .

HASSAN.

. . . . Oui, touchez-là.

LE CALIFE *lui donnant la main.*

De très-grand cœur, j'en fais l'emplette.

Vous voudrez-bien me la faire voir.

HASSAN.

Rien n'est plus juste. (*Il appele.*) Abdalla.

ABDALLA *paroît.*

Seigneur.

HASSAN.

Fais venir Zirza.

ABDALLA

J'y vais, seigneur. (*Il sort.*)

HASSAN.

Si elle ne vous plait pas, le marché, est nul; il n'y a rien de fait.

LE CALIFE *lui donnant une bourse.*

Telle qu'elle soit, je ne me dédis pas, et voilà la somme.

SCÈNE XII.

ZIRZA, LE CALIFE, HASSAN, ABDALLA.

ABDALLA *entre avec Zirza voilée.*

SEIGNEUR la voici...

HASSAN *approche de Zirza et leve le voile.*

Voyez, seigneur...

LE CALIFE *avec transport,*

Quel éclat! quelle fraicheur!

AIR : *De Joconde.*

De trouver un plus bel objet!
Il seroit difficile.

HASSAN.

Ainsi, vous êtes satisfait?

LE CALIFE.

Très-fort. . . .

HASSAN *à part.*

. . . De cet asile,
Je puis sortir, oui dès demain,
J'irai loin de la ville,
Où me conduira le destin,
Jouir d'un sort tranquille.

Zirza, voici ton maître, (*montrant le Calife,*) j'aurois voulu, en partant, te laisser libre, je ne le puis. Bénis le sort qui dans ma détresse, m'a fait trouver un homme, dont la douceur et l'humanité t'assurent un sort tranquille. Abdalla, je te rends libre, et te donne cette maison pour te récompenser des services que tu m'as rendus.

rendu. (*Avec attendrissement.*) Adieu, mes amis !
adieu pour toujours !

ABDALLA.

Comment, adieu ?

HASSAN.

Vous ne me reverrez plus ?

ZIRZA.

Quoi ! vous nous quittez, vous partez ?

HASSAN.

Il le faut,...

ABDALLA.

Qui vous engage à quitter cet asile ? serez vous plus
heureux où vous allez ? Trouverez-vous deux serviteurs
plus fideles, plus empressés à vous plaire, à vous servir ? Ah ! gardez ces biens que vous voulez me donner, ils ne meseroient rien sans Zirza ; je ne desirois ma
liberté que pour la lui consacrer ; Zirza toujours esclave, Abdalla ne peut être libre. (*Au Calife.*) Ah ! seigneur, reprenez votre argent et rendez-nous Zirza ; ou
bien, tenez :

AIR : *De la soirée orageuse.*

Je suis libre, et je puis très-bien,
De ma Zirza, prendre la place ;
Pour moi la fatigue n'est rien,
Daignez m'accorder cette grace ;
Pardonnez ma témérité ;
Mais j'aime tant ma douce amie ;
Que pour avoir sa liberté,
Je donnerois jusqu'à ma vie.

LE CALIFE.

Je ne puis faire cet échange sans y perdre beaucoup ;
mais il est un moyen de nous arranger. (*A part.*)
Voyons s'il sacrifiera l'amitié à l'amour.

AIR : *Du serin qui te fait envie.*

Puisque cet esclave t'est cher,
Et que tu veux la posséder ;
Je veux bien, pour te satisfaire,
Consentir à te la céder ;
Cette maison, que l'on te donne,
Suffit pour payer sa rançon.

E

ABDALLA.

Je suis maître de ma personne
Et non pas de cette maison.

LE CALIFE.

Ton maître te la donne, elle est à toi, tu peux en
disposer.

ABDALLA.

Il me la donne, et moi je la refuse. Trois-je le dé-
pouiller de ce qui lui reste? je serois bien ingrat. Je
sais, qu'en me séparant de Zirza, il faudra que je meu-
re; mais j'aime mieux mourir, que de faire une aussi
mauvaise action.

LE CALIFE à part.

Ce trait de générosité est sans exemple.

ZIRZA.

Mon maître, mon cher maître! j'embrasse vos genoux, ne m'abandonnez pas...

HASSAN à part.

Leur tendresse m'arrache des larmes.

ABDALLA.

Encore un coup, qui vous engage à partir? doutez-
vous de notre zèle?

AIR: *Choux, choux, choux, choux,*

Vous devez nous connoître,
Nous vous aimons tous deux.

HASSAN.

Je te laisse le maître
Et libre dans ces lieux.

ABDALLA *en pleurant.*

Zirza s'en va, quel coup affreux!
Gardez votre héritage

ZIRZA.

J'aurois soin du ménage...

ABDALLA.

Et moi du jardinage...

ZIRZA.

Restez . . . . .

ABDALLA.

. . . . . Plus de voyage.

ENSEMBLE.

Laissez-nous l'avantage   (bis.)

De jouir près de vous
  Chez vous, (*bis.*)
Des plaisirs (*bis.*) les plus doux.

HASSAN.

Mes enfants, mes amis! je ne le puis.

ABDALLA.

Même air.

Vous craignez l'indigence;
Graces à mes travaux,
Vous pourrez dans l'aisance,
Ainsi que vos égaux,
Du pauvre soulager les maux.

ENSEMBLE.

Auprès de vous sans cesse,
Dans une douce ivresse,
Nos soins, notre tendresse,
Au sein de l'allégresse,
Banniront la tristesse
Au gré de vos desirs,
  Plaisirs, plaisirs, (*bis.*)
Charmeront (*bis.*) vos loisirs.

LE CALIFE.

C'en est trop; je ne puis tenir à tant d'amour et de vertu. (*A Hassan.*) Rassure-toi, brave homme, tous tes biens te seront rendus. Abdalla, fais venir mon esclave. (*A Zirza.*) Consolez-vous, ma belle amie, vous allez être libre.

ZIRZA.

Ah! seigneur, comment reconnoître?

LE CALIFE *la relevant.*

Laissez, laissez...

SCÈNE XIII.

ABDALLA, GIAFFAR, *les précédents.*

ABDALLA.

Le voici, seigneur...

LE CALIFE.

Approche Giaffar.

HASSAN.

Giaffar! que veux dire ceci?

LE CALIFE *montrant Hassan.*

Connois-tu cet homme?   E ij

GIAFFAR *interdit.*

Seigneur.

LE CALIFE.

Parle, ou crains ma colere.

GIAFFAR *à part.*

Je suis perdu.

LE CALIFE.

Parleras-tu?

GIAFFAR.

Votre majesté m'interroge avec tant de dureté.

TOUS ENSEMBLE.

Qu'entends-je! ah! seigneur! ah! mon maître! pardon, pardon.

LE CALIFE.

Laissez-le, mes amis, laissez-le répondre.

GIAFFAR *à part.*

Ce n'est qu'en perdant Hassan, que je puis parer le coup qui m'accable. La religion m'en fournit les moyens, il faut m'en servir. (*Haut.*) Seigneur.

AIR : *De Joconde.*

J'ai connu cet homme autrefois,
Vivant dans l'opulence;
Je l'ai vu dégradant nos lois,
Dans les jours d'abstinence,
Boire du vin....

LE CALIFE.

. . . . . Ce crime là
Est grave ce me semble.

HASSAN.

Il est vrai; mais dans ce temps-là
Nous en buvions ensemble.

LE CALIFE.

N'as-tu que cela à lui reprocher?

GIAFFAR.

Son inconduite, ses excès, son immoralité; le peu de respect qu'il avoit pour votre personne.

HASSAN.

Ah! l'abominable mensonge. Croyez, seigneur...

LE CALIFE.

Laissez. (*A Giaffar.*) Et toi, trop sage pour vivre avec un tel homme, tu as cessé de le voir?

G I A F F A R *d'un air tartuffé.*

Après avoir tout fait pour le ramener à la vertu...

H A S S A N *à part.*

Le fourbe !

L E   C A L I F E.

Et c'est pour le punir de son immoralité, que tu t'es
emparé de son palais et des effets précieux qu'il renferme.

G I A F F A R *hésitant.*

Je lui prêtai de l'argent, qu'il ne put me rendre ;
quant au palais, Hassan sait bien qu'un écrit en bonne forme, m'en assure la possession.

L E   C A L I F E.

Hassan, à combien se montent les sommes qu'il t'a
prêtées.

H A S S A N.

A trois mille sequins.

L E   C A L I F E.

Et ton palais peut valoir ?

H A S S A N.

Avec les meubles qu'il renferme, vingt mille sequins
au moins...

L E   C A L I F E *ironiquement.*

AIR : *C'est un enfant*

Ainsi, par un pur artifice,
Cet homme ami de la vertu,
Vouloit, pour t'arracher au vice,
S'emparer de ton revenu.
Tu lui fais outrage ;
Ce saint personnage,
Lorsqu'il emplya ce moyen
Vouloit ton bien.   (bis.)

G I A F F A R.

Mais, seigneur...

L E   C A L I F E.

Giaffar, je commençois à te connoître ; ce trait achève
de dévoiler à mes yeux ton ame dure et féroce.

AIR : *De tous les capucins du monde.*

Te punir du plus grand supplice
Seroit sans doute une justice ;

Mais avant que parmi les morts ;
Tu portes ta haine et ta rage,
Je veux , qu'accablé de remords,
Tu périsses dans l'esclavage.

GIAFFAR , au *Calife.*

Pardon, pardon !

LE CALIFE,

Ote-toi de mes yeux. (*Giaffar sort.*)

SCÈNE DERNIÈRE.

LE CALIFE, HASSAN, ZIRZA , ABDALLA.

ABDALLA,

Oh ! le méchant homme ! Et moi qui lui ai offert mon diner de si bon cœur.

LE CALIFE.

Hassan, je te rends tes biens ; ton palais : je te fais visir à la place du traitre qui t'avoit dépouillé de ce que tu possédois , et que je viens de chasser de ma présence ; mais souviens-toi que,

AIR : *Ça n'ce peut pas, ça n'ce, etc.*

L'homme qui vit dans l'opulence,
Peut sans doute être généreux ;
Mais qu'il ne doit qu'avec prudence,
Soulager les vrais malheureux ;
Trop donner entretient le vice ;
Il faut savoir placer ses dons;
C'est le cœur, et non le caprice,
Qui doit guider , quand nous donnons.   (*bis.*)

Comment pourrois-je reconnoître tant de bontés ?

LE CALIFE.

En ne me cachant jamais la vérité. Abdalla, Zirza m'appartient, je te la donne ; vend cette maison ; comblé de mes richesses, conduis Zirza dans ta patrie, et fais tes efforts pour obtenir de nouveaux succès sur le théâtre que tu m'as désigné ; tu m'entends ? ...

ABDALLA au *Calife.*

Seigneur, je ferai mon possible pour réussir. Je vais donc revoir Paris ! ma chere Zirza , en arrivant je te mène au spectacle.

VAUDEVILLE.

Air : *De la croisée.*

Vous venez de briser mes fers ;
Vous souffrez que ma douce amie,
Avec moi, traverse les mers,
Pour retourner dans sa patrie ;
Sous les auspices de l'Amour,
On craint peu les vents et l'orage,
Heureux si l'hymen à son tour
Me sauve du naufrage.   (*bis.*)

HASSAN.

L'homme qui possède un trésor,
S'il est guidé par l'avarice,
Craint de voir enlever son or,
Cette crainte fait son supplice ;
Le prodigue donne son bien
Au premier venu, c'est l'usage ;
Mais l'homme sensé, met le sien
A l'abri du naufrage.   (*bis.*)

LE CALIFE.

Gouverner avec loyauté,
Être ferme pendant l'orage,
Punir avec sévérité
Les hommes de sang, de carnage ;
Des peuples faire le bonheur,
Du législateur est l'ouvrage,
C'est par-là qu'il met son honneur
A l'abri du naufrage.   (*bis.*)

ZIRZA à *Abdalla.*

Tu me promets d'être constant,
Et je t'en crois sur ta parole ;
Mais prends garde que ton serment,
Ainsi que l'amour ne s'envole :
Je t'aime, et j'ai de la vertu ;
Mais si tu devenois volage,
Je ne répondrois pas, vois-tu,
Qu'elle ne fît naufrage.   (*bis.*)

ABDALLA au *Public.*

L'Auteur, grace à son dénouement,
Nous a fait sortir d'esclavage,

Il attend impatiemment
Le succès de notre voyage;
Il craint, près d'arriver au port,
D'entendre ici gronder l'orage;
Daignez, pour assurer son sort,
Le sauver du naufrage. (bis.)

FIN.

140

www.ingramcontent.com/pod-product-compliance
Lightning Source LLC
Chambersburg PA
CBHW060842180626

46818CB00004B/1547